鏡の中に

谷口恵美子詩画集

鏡の中に——谷口恵美子詩画集

目次

大切なもの

自然・いのち

思い出

夫婦

カバー挿画・題字・本文絵——著者

大切なもの

日記帖

あたらしい
日記帖に

ことしは
ひとこと
毎日
うれしいことを
書きましょう

一年の終わりには
三百六十五の
宝物が
残るのを
楽しみに

みんな神の子

この人は
善い人
あの人は
悪い人

そんなことを
神さまは
おっしゃらない

生まれたての
赤ちゃんは
みんな
善い子ばかり
ですもの

朝

朝　目覚めて
カーテンを引き
ガラス戸を開け
雨戸をひらく

三つの動作ごとに
今朝への
期待がひろがる

目覚めかけた
空は　うっすら青く
明るい希望を
秘めている

わたしの部屋

障子がきしんで
開けにくいときは
湿度過多
スーッと
走り過ぎれば
乾燥しすぎ

掃除のたびに
今日は何パーセントの
湿度かわかる
日本家屋の
掃除は
たのしい

みどり

わが家を訪れる人は
「みどりが多くて
いいですね

ほっとします」と
よろこばれ

裏隣りの人には
「こちらに出ている
お宅の木を
伐《き》って下さい」と
催促される

ほめられる木と
うるさがられる
木のある
わが家です

好きな花

「先生は
何のお花が
一番
お好きですか」

若い人に尋ねられて

「そう言われてもね
私の十六人の孫のうち
誰が一番
可愛いですか
と言われているようで…」

コスモス畑

秋の青空
どこまでも澄み
斜めに消えゆく
ヒコーキ雲

きれいな空気を
吸わないで
タバコを吸って
歩く人

コスモスの群れが
笑っている

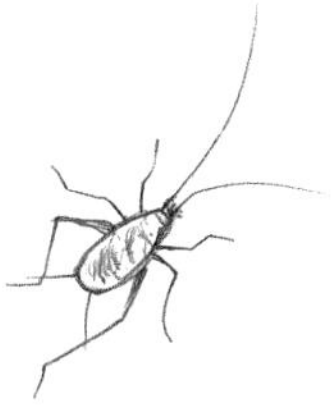

十一月三日

明治神宮の
表参道に
日の丸の旗が
あざやかに並ぶ
「十一月三日
今日は何の日？」

と問うと
若い人もその親も
「文化の日」

「今日は
明治天皇がお生まれになった
記念日です」
「えっ！　知らなかった」

私の小学生の頃は
学校でお祝いの式があり
紅白のおまんじゅうを
頂いて帰った日

白い雲

広い交叉点に
立ち止まり
空を見上げると

ビルの上に
白い雲が
ふわっと
幸せそうに
浮かんでいました

空は水色
白い雲は
かすかに
かすかに
動き

わたしは
ただ幸せでした

帰り道

色とりどりの
桜の落葉は
人々の靴に
踏まれてゆく

「可哀そうに」と
立止まると
肩にひらりと
一葉が止まる

黄色とみどりに
いろどられた
うつくしい
桜の葉

そっとつまんで
手帖にはさみ
家路を
いそぐ

ケイタイでんわ

友人に電話をかける
「もし　もし
このたびは

初孫さんのお誕生
おめでとうございます
早くお顔が見たいでしょうね」

「あら　もう見ましたよ
ケイタイで
片目をつむっていましたわ」
一瞬わたしは言葉を失う

むかしは
孫に逢える瞬間を
心待ちにした
ゆたかな時間が
ありました

知らないから楽しい

本を読みながら
カタカナ言葉の
意味が分らないと

斜め後の本棚に
手を伸ばして
〝カタカナ語の辞典〟を
ひらいてみる

一つ覚えて
また忘れての
繰返しでも
ついでにページを
読んでゆくのが楽しくて
八百ページの辞典は
わたしのお友達

灯がともる

隣りのマンションに
あたたかい色の
灯がともると

心がほのぼのと
あたたかくなり

夜になっても暗いと
寂しさをおぼえる

どなたが住んでいるのか
わからないのに
あたたかい灯がともると
何故かほっとする

霧のふる日

音もなく
霧がふりはじめると

巨大なビル群は
高い階から
ゆっくり姿を消して
街の景色は
数十年前の高さに
落ち着いてゆく

そばに立った人が
うれしそうに指さして
「わたしの家は
あのミドリの屋根の
となりの
瓦屋根の二階建てです」

合掌

すべてのものは
助け合っている
右目だけでは
まともに歩けない

片方の手だけでは
ほとんど仕事ができない
片足では
まず立っていられない
左右そろった
ありがたさ
あたりまえの
ありがたさ
合掌いたします

大切なものは

揚羽蝶《あげはちょう》が
ひらひら舞いながら
庭の木陰の
ヤブミョウガの
小さな花に止まる

人が気付かないほどの
小さな花も
蝶にとっては
大切なもの

人はなぜ
土を掘り　土を掘り
木を倒して
巨大なビルを建てるのか

わが家の井戸の
水脈は断たれ
水が
涸れてしまった

赤ちゃん

「あら可愛い」
乳母車の中に
眠りこけている
赤ちゃんを見ると

「抱っこしたい」と思う

わたしの娘は
五人の子を育てあげ
「また赤ちゃんを
抱っこしたいと
思うことがあるわ」と言う

「この気持は
男の人にはわからないわね」
と言うと

「いや　わかります」と
言った男の人がいた

今日もまた

眉がうすくなり
かがみにむかって
まゆずみをひく

ありのままの
眉のかたちを
そこなわないように

親からいただいた
そのままのかたちが
わたしらしいから

自然・いのち

冬木立《ふゆこだち》

寒風の中を
わたしは歩きます

一葉も残さず
そそり立つ
冬木立に
逢いたくて

ケヤキ　スズカケ
ユリノキ　サクラ

みどりの衣装を
脱ぎすてて
そのままの姿の
たくましさ

生命《いのち》の声が
きこえます

蓮の池

冬の蓮池は
美しい花も葉も
あとかたもなく
水中に没して

次の世代が
花ひらくために
泥中で
生命《いのち》を育てている

北の国から訪れた
鴨《かも》たちは
白銀のさざ波を立て
喜々として泳いでゆく

春近く

冬の間
静かに藻の下で

眠っていた
メダカが
水がぬるむと
目を覚ましました

二ヵ月も食べないで
お腹が空いて
いるでしょうね

少し餌をまくと
水ガメの中ほどに
浮き上がり
考えているようです

生かされて

天の恵みと
人のご恩に
生かされて
わたしは何を
お返し
しましょうか

配達された
大根の
泥を洗えば
真白な肌
「ああ　ありがたい」
と思います

野も山も

雑草
雑木林と

人は気軽に
呼ぶけれど

それぞれ
名もあり
いのちあるもの

春の芽吹きは
歓喜に満ち

野も山も
みどり
あざやかに
ふくらんでゆく

蝶のように

ひなげしの
つぼみが
音もなく
ひらきはじめる

こまかい
毛の生えた
花のカラを
ポトリと落とし

生まれたての
トキ色の
はなびらを
ひらいてゆく

まるで
未明に
羽化してゆく
蝶のように

夕顔の花

夕顔のつるが
天に向って
伸びてゆく

細い竹をのぼりつめると
つるの先に
目があるかのように

さらにとなりの
高い竹を求め
見事に巻きつき

夕暮れには
白い大輪の花が
月を仰いでいる

聞こえますか

いまヒグラシが
鳴きました

ほら
鳴いているでしょう

あんなに
はっきりと
「カナカナカナ」と
また
鳴いていますよ
涼しそうな
音色で
何年ぶりかしら

音もなく

灯《ともしび》にさそわれて
玄関の壁に

止まって動かない
ウスバカゲロウ

一日だけの
はかない生命《いのち》
何を考えているのでしょう

庭に放して
あげようとするのに
何故逃げるのですか

ヒラヒラヒラヒラと
音もなく

ミンミン蟬

雨のやみ間に
ミンミン蟬が
一せいに鳴きはじめる

台風の近づく
ニュースも知らずに
ひたすら
いのちを響かせて

何年かあとに
子孫が再び
この庭に
生まれるかも
知らずに
ただ
今を生きている

お彼岸の頃

ヒガンバナは
秋の彼岸に
間に合うように

土から
うすみどりの
茎を伸ばしはじめ

一せいに
緋色《ひいろ》の花を
ひらく

草かげに
カネタタキの
音《ね》もきこえて

野菊の花に

草むらの中に
指先ほどの
小さな蝶が
息づいている

ゆったりとした
息に合わせて
羽を閉じたり
開いたり

小さな
いのちが
白い野菊の
花の上に

もみじ

朝ごとの冷え込みに
もみじの葉は
黄色も赤も

散って積もって
また散って
空が晴ればれ
見えました

踏むには
惜しい
もみじです

小さな生命《いのち》

十二月に入っても
まだ
鈴虫さんが一匹
生き残っている

ケースをのぞき
細いひげが
ゆれていると
「生きているのね」
と声をかけ

ケースの
土の中に並ぶ
白い小さな
生命《いのち》を
来年も
育てたいと思う

支えられて

支えがなければ
危いような
移植されたばかりの
若い木は
丸太棒に支えられ

枝を伸ばし
大地にしっかり
根付いたとき
丸太棒は
はずされて

ゆたかな
みどりの葉は
一せいに手を振り
「ありがとう」と
丸太棒を
見送りました

広い世界へ

クモの子も
カマキリの子も
生まれたその日に
広い世界へ
旅立ってゆく

サケの子も
メダカの子も
孵化した
その時より
ひとり立ち

ススキの穂は
白銀を輝かせて
たのしそうに
飛んでゆく

みんな
生かされていることを
知っているかのように

ありがとう

アガパンサスの
つぼみの上で
小さなクモが

小さなハチを
捉えて
じっとしている

「可哀そうに」
と思うけれど

人は毎日
大きな魚や
小さな魚の

いのちを
もらって
生きている

家族

年があけて

あたらしい年の
あたらしい日

白い椿が
しずかにひらく

「明けまして
おめでとう
今年もよろしく」

家族の
あかるい
笑顔がひらく

お正月

「あけましておめでとう」
人々は　あたらしい年への
期待をこめて
ほほえみ合う

昨年は
二歳の曾孫《ひまご》が
走れるようになり
「ゲンキよ」と
電話をくれた

わたしも
「元気ですよ」と答える

さらに
あたらしい
よろこびの発見を
つづけたい

空と海

海は
青い空をうつして
さらに青く

ちらちら
白い波を
遊ばせている

くもり日の海は
灰色の空と
とけ合って
水平線は
もう見えない

空と海は
母と子のよう
母が笑えば
子も笑う

うつくしい世界

父母の愛は
無我の愛

ただ
子供の幸せを
願うのみ

子は
父母を慕い
そのあとを
追いかけてゆく

そのままの心
神の与え給うた
うつくしい
この世の風景

日向ぼっこ

野良ネコのクロちゃんが
よちよち歩きの

三匹の子ネコを連れて
飛石の上に坐ると

黒い母ネコと
二匹の黒い子ネコは
一かたまりの黒になり
黄色い一匹が
ちらりと見える

赤いサルビアの咲く
庭に
母ネコは
満足そうに目を細め
静かに坐っている

御恩返し

わたしが幸せなら
父母も幸せ
夫も幸せ
子らも幸せ

父母への
御恩返しは
毎日の
私の笑顔

八十歳を
過ぎても
笑顔はできる

七つの椎茸

生まれたての
やわらかい
椎茸

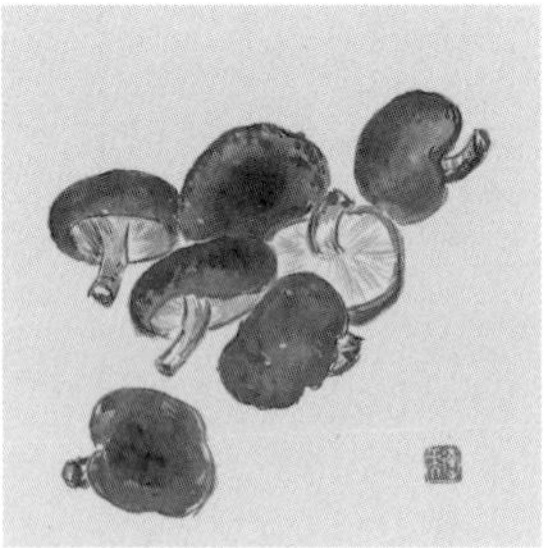

おもては茶色
うらは細かい
真白のひだ

息子が
庭で育てた
生椎茸

お供えしましょう
スケッチ
しましょう

あけびの絵

わたしの描いた
あけびの絵

娘は
じっと眺めて
「二つの実の色が
もう少し違うといいね」
「ありがとう」
やっぱり
娘っていいものだ
率直に
感想を言ってくれて

花のように

洋ダンスの中を見て
「これも　これも
お母さまの
色だわ」
久しぶりに来た
娘は言う

親の色に
染まらないで
育ってゆく子や
孫たちは
見飽きない
花のようです

妻という字

妻という字
母という字を

目にするたびに
遙か彼方を思い浮かべ

良き妻
良き母で
ありしかと
問うてみるのも
心もとなく

古いアルバムを
ひらいてみれば
楽しい笑顔が満ちていて
ほっと頬を
ゆるませる

可愛い子

「可愛い子ね」と
曾孫《ひまご》に
ほほえみかけると
にっこり笑う

わたしが誰なのか
知らないのに
うれしそうに笑ってくれて
ありがとう

生まれて三ヵ月の
曾孫と
八十四年生きた
わたし

二人の笑顔は
そのへだたりを
ほのぼの
とかしてゆく

母に抱かれて

母に抱かれた
幼な児は
はじめて逢った
わたしを

まんまるな
黒い瞳で
まばたきもせず
見つめる

その澄んだ瞳は
わたしの
心の中まで
見通しているよう

清らかに
生きてほしい

雪の日

子供の頃
竹垣の先につもった
丸い雪を

そっと取って
食べました
はじめて食べた
雪の味
誰にも
云わずに
おきました

わたしの曽孫《ひまご》は
はじめて
雪がつもったら
どんな顔を
するのでしょう

ぬいぐるみ

押入れの
ダンボールの中を
久しぶりに開けると
出てきました
出てきました

クマさん
ワンちゃん
ヒヨコちゃん

遠い昔の
子供たちの
遊び仲間

廊下に並べて
日光浴

ひまごが来たら
見せましょう

授かりもの

曾孫《ひまご》が帰ったあとの
テーブルの上に

ぬいぐるみのアヒルが
斜めに立っている

さっきまで
アヒルが立った
ころんだと
ニコニコ笑っていた子は
もうすぐ二歳

「子供はみんな
授かりものなのね」
とわたしは
曾孫に逢うたび
ほほえんで見ている

耳をすませて

つかまり立ちをはじめた
曾孫《ひまご》を膝にのせて
ピアノに向かう

音の出るのがうれしくて
小さな両手が
ピアノを叩く

わたしが弾きはじめると
母親に抱かれて
耳をすましている

四ページの曲が終わるまで
どんな顔をしていたのか
見たかった

ねんね？

夫が
ソファーに
腰かけたまま
うとうとと眠られるのを

曾孫《ひまご》は見て
「ねんね？」と
ふしぎそうな
顔をする

やっとおぼえた
「ねんね」のひと言に

わたしは
夫の八十八年の
歳月をおもい
孫夫婦も
静かに
ほほえんでいる

思い出

さくらの花のような

花吹雪の思い出は
一年生の入学式
はじめての先生は

さくらの花のような
やさしい女の先生

十九歳のとき
和歌山で再会
その三十年後
神戸でほんのわずかなとき
いずれも講習会の合間でした

花吹雪の中に立つと
ふと思い出すのは
入学式の頃の
さくらの花のような
先生の面影

白鳥の湖

弾かないピアノは
可哀そう

やさしい曲でも
弾きましょう

久しぶりに弾いた
チャイコフスキーの
「白鳥の湖」は
歎きの白鳥のように
きこえました

これからは
白鳥がうつくしく
舞うように
軽やかにやさしく
弾いてあげましょう

きさらぎ

寒いけれど
バスを待つ
文庫本を読みながら
バスを待つ

「バスはまだか　まだか」
と車道に一歩出て
バスの来る方を
見ている男の人が

「あっ　来ましたよ」
とうれしそうに
私に
報《しら》せてくださった

となりの人

バスの空席の
となりの人に

かるく会釈をして
老婦人が
腰かけました

以前ブラジルの
ヴァリグ航空での
一人旅に

「シツレイシマス」と
わたしの隣りの席に
腰かけた
ブラジル人の
ほのかな思い出が
よみがえりました

どうしているの

庭のスコップにも
花鋏《はなばさみ》にも

見失わないように
赤いリボンをつける

それなのに
草を取るうち
花鋏を見失い
まだ見つからない

遠くに住む
孫を思い出すように
ときどき

あの花鋏を
思い出す

常夏《とこなつ》の国より

落葉樹が
一葉も残さずに
寒風の中に
立っている冬

はじめて日本を訪れた
ハワイの青年は
おどろいた

「どうして日本の木は
みんな枯れているのでしょう」

それから十年二十年
さわやかな緑の風
あざやかな紅葉
雪の山々

彼は日本に
住んでいる

置きみやげ

プラタナスの並木道に
柿の木が一本
立っている

葉かげに
青い実をつけて

むかし住んでいた
あの人が
家の前に
種を埋めた
置きみやげか

都会をはなれた
あの人は
今はどうして
いるのでしょう

その人は

はじめて逢った
その人は
帰りがけに

つるの垂れた
十センチほどの
朝顔の苗を見つけ

細い竹をさがして支え
手をそっとかざして
「咲きなさいよ」
と小声で云った

炎暑

三十六度という
暑さの今日も
雑踏の街角の
甘栗屋さんは

熱い釜のそばに
坐ったまま
甘栗を売っている

「暑くて大変ですね」
と声をかけると
「ハイ　ここは
四十五度くらいですから」

おじさんの
真赤な顔を見ながら
いつもより
大きい袋の甘栗を
買いました

美しい心で

正月三ヵ日に
前の歩道で
空缶を百個以上
拾った記憶はうすれ

今きれいになった町を
心地よく人々が
歩いています
町の人たちのおかげです

ゴミはすぐ拾い
落書はすぐ消して
心の中まで清まって
美しい町となりました

お地蔵さま

新しい壁に
落書きの多い
この街も

お寺の塀だけ
きれいです

門の中に並んだ
赤いよだれ掛けの
お地蔵さまが

若者の歩みを
止めるのでしょうか

美しい町

町を愛する人達が
いつもきれいに
掃除をして
落書きも
すぐ消して
美しい町になりました

美しい町を通る人は
心も美しくなるのでしょう
空缶もゴミも
捨てなくなりました

花と風と

カメラを花に向けると
風が通りぬけ
花はイヤイヤと首を振る

風が過ぎるのを
しばらく待つと

花はきげんを直して
ポーズをとってくれる

ちょっと待つ間に
わたしは
花の気持を思う

静かな日に

はるか遠くの
看板の字が
人よりもハッキリと
見えた
若い頃は

見えない人の
気持がわからない
わたしでした

今は
近くの字が見えない人や
遠くの景色が
さだかでない人を
想いつつ

眼鏡のくもりを
拭いています

バスに乗って

バス停で
バスを待つ
予定より一分でも
早く来ると
ありがたいと思う

シルバーシートが
空いていても
お年寄用なので
坐らない

次の日また
バスに乗る
さっと席をゆずられ
びっくりする

やっぱり八十四歳に
見えるのかな

手紙

「おじいさま　おばあさま
お元気ですか」
孫からの手紙が届く
なんて　きれいな字でしょう
一字一字に
彼女の笑顔が
見えてきて

ケイタイもメールも
縁のない私は
「自筆はいいなあ」と

孫の手紙を
読み返しています

カステラ

カステラを
頂きました
その重みを手にして

ふと　戦後の
何も食べるものが
なかった若い頃に
想いがゆく

「お砂糖を持ってゆけば
カステラを作ってくれる
所があるそうよ」

「そう　でもお砂糖なんて
ないものね」

今　そのカステラが
わたしの手にあるのです

朝の食卓

「初物です」
と息子が
朝の食卓の上に
置いたのは
四粒のブルーベリーの入った
小さなガラス器

「まあ　ブルーベリー
　もう熟したのね」

次の朝も
「ハイ　どうぞ」
今日は八粒でした
いつも偶数なのは
夫と私が半分ずつの
つもりなのでしょう

そのうち
ジャムにするほど
とれるでしょう

父母

風流な夜

「あらしの夜
あなたは
ロウソクの灯のもとに
生まれたのよ
風流な夜でした」

母は
あらしさえ
ほほえみの中に
とけ込ませて
私の誕生を
よろこばれた

母さんの願い

「あなたが
赤ちゃんのとき
母さんより

背が三寸高く
なりますようにと
足を撫でて
あげていたのよ」

「そうしたら
ほんとうに
三寸高くなったのよ」

思い出の中の
母は
いつも
うれしそうに
笑っている

感謝をこめて

亡き母に
感謝をこめて
ピアノを弾く

ピアノを
習う人も少ない
貧しい頃

わたしの願いを
叶えて
くださった

なまけていると
「ピアノを売ってしまいますよ」
と叱られた

きびしいけれど
やさしい母

花の切手

「紙幣《おさつ》の先が少し曲がっていても
伸ばしましょう」
「洗濯物は
布目を通して干しましょう」
ついこの間のことのように
母の言葉を思い出し
わたしは今
花の切手を貼りながら
「真直にね」と
声に出してほほえんでいます

母の字

実印を押すたび
ケースの内側に
六十年前に母が書いた
わたしの名を眺め

タンスを開ければ
一メートルの物差しには
昭和五十一年一月求む
と母の字

「真直に布目を通して
干しなさい」
と教えた母は
今も
わたしの中に生きている

明るい日の光

母との思い出は
なぜか

明るい日の光の中に
よみがえる

母のきびしさが
やさしさであったと
知った　あの頃

廊下で　私と従妹が
楽しそうに話していると
通りかかった母は

「また　きびしかったと
云っているのでしょう」と
うれしそうに笑った

ネジを巻いて

母の遺品の
腕時計は

ネジを巻かないと
動かない

「ネジを巻くのですか」と
若い人は
目を丸くする

時計は
いつも動いているもの
と思っている

わたしは今日も
ネジを巻いて
出かけます

昔のお話

母は昔云いました
「わたしの誕生日は
三月七日

三月一週間とおぼえるのよ」

「皇后さまは
三月六日でいらして
一日違いなの」

一日の違いでも
うれしくてたまらない
母の笑顔でした

その頃は
皇后さまのお誕生日は
「地久節《ちきゅうせつ》」という
お祝いの日でした

母から私へ

どっしりと重たい
「大きな活字の国語辞典」

晩年の母が求めたのは
着るものではなくて
この大きな活字の
辞典でした

「一字でも
いい加減な字を
書くわけにゆかないわ」

母と同じ気持で
いま私は
母の求めた辞典を
ひらいています

孫がほめられると

遠い思い出が
ふと浮かぶ

母は孫がほめられると
「おじいさまに似ても
おとうさまに似ても
頭がよいにきまっているわ」と
うれしそうにほほえんだ

「頭のよいのは
わたしに似たからよ」とは
決して云わない
母が　わたしは
好きでした

父の思い出

ゆっくり　ていねいに
万年筆で
原稿を書いていた
父はいつも
締切り日に
追われつづけていて

ふと庭に目をやると
庭師の鋏《はさみ》の音を
耳にして
つぶやかれた

「生まれ変わったら
植木屋になりたいな」

初詣

元旦の早朝
父は紋付の
羽織に袴《はかま》
母は黒の留袖《とめそで》

身のしまる
寒さの中を
篝火《かがりび》の並ぶ参道を
明治神宮の拝殿へ

六十年も前の
厳粛《げんしゅく》な風景は
いま見られなくても

わたしの祈りは
常に変わらず
「世界の平和と
国家の安泰」

信じられて

信じられ
はげまされ

日々
幸せを祈られて
いま
わたしは
ここにいる

わたしの
写した
父母の写真が
ピアノの上から
いまも
ほほえんで
見ていてくださる

父母の愛

父母を想うとき
わたしは

赤い服を着た
幼い児《こ》になって
父母のあとを追う

父母は振返り
「大丈夫よ」と
ほほえむ

父母に愛されて
育てられた
わたしが
幸せでなくて
どうしましょう

黄色い花

庭の片隅に
カボチャの花が
一輪咲いた

誰もこんなところに
タネを蒔かないのに

黄色い花は
「ここはどこかな」と
居心地が悪そう

短いつるを
伸ばしかねている

終戦後の庭に
父と作った
なつかしい黄色

鏡の中に

手鏡の中に
父の顔を見て
ハッとしました

でも　それは
私の顔でした

年を重ねると
親に似ると
言われながら

八十を越えて
どれほどのことが
できたでしょうか

晩年の父が
なつかしく
思い出されます

いつの日も

「お父さま　お母さま
お早うございます」

わたしは毎朝
お供えをしながら
お写真に　ご挨拶

二十年前の
写真の両親は
「しっかり生きていますね」と
わたしを見てくださる

神さまも
ご先祖さまも
いつも　わたしを
見てくださっています

夫婦

八十路《やそじ》迎えて

玄関までの石段を
ゆっくり登りながら
前を行く夫に

「この石段は
昨年より一段
増えたようですね」
と言って立ち止まる

「そうかな
この間数えたら
やっぱり五十一段
あったよ」
と夫は元気に
先へ行く

天下一品

毎朝の
夫の焼くトーストは

天下一品

餅焼網を熱して
六枚切りの
食パンを乗せ

菜箸で
まんべんなく
廻しながら焼く

すみからすみまで
同じ焼き色
こげ色も
自由自在

小さな小さな島

大村湾に沿って
車を走らせると
夫は

小さな島を見つけて
「あの島を買うといいな」

おだやかな
青い海には
こんもりとした
緑の小島が
いくつも浮かんでいる

今年訪れたときも
夫はゆったりと
「あの島を買うといいな」
そして　わたしは
ニッコリ笑う

夫の誕生日

リズムにのって
一つ一つ出来上る

息子のつくる
にぎりずしが
みどりの葉蘭《はらん》に
並んでゆく

孫たちは
仕事の都合で
全員はそろわないけれど

「お誕生日
おめでとうございます
何歳になられましたか」
夫はニコニコと
うれしそう

大切な一日

「ゆうべは
よく眠れましたわ」

「それは　よかった」
さりげない
ひとことで
幸せな一日が
始まる

八十歳までも
生きるとは
思いもしなかった
二人へ
与えられた
大切な一日

言葉

描いた絵を
先生の前に
そっと置くと

「ああいいね
良くなった」
といつもおっしゃる

撮《と》った写真を
夫に見せると
「上手になったね」
と言われる

ほんのひと言に
わたしは
勉強をつづける

うれしいプレゼント

夫からの
誕生日のプレゼントは
今までのレンズが

そのまま使える
デジタルカメラ

悪い写りのものは
すぐ消して
良いものだけが
いつも見られる
うれしいカメラ

心の中も
悪いものは
すぐ消して
良いものに感謝すれば
いつも幸せ

なつかしい人たち

父母の健在な頃に
わが家で働いていて
今は孫もある人たちが

連れ立ってくると
一きわ賑やかな
笑い声が
わが家に満ち

やがて玄関の外に
話し声が
消えてしまうと
書斎の夫は
静かな声で

「むかしのお嬢さんたちは
帰りましたか」

お出かけのとき

電車の
向い側の席で
文庫本を読んでいる
老紳士の黒い靴は

これほど見事に
磨かれた靴は
珍しいと思うほど
つややかに光っていた

毎朝
にこやかに見送られる
夫人《ひと》がいられるに
ちがいない

二人の朝

「鳩さんが一羽
来ていますよ」
というと

夫は食事の手を休め
庭の餌台に目を向ける
「もう一羽は
どうしたのでしょうね」
次の朝
「あら　鳩さんが
二羽一緒に来ましたよ」
夫は
「よかったね」
とうれしそうに
ほほえまれる

ある晴れた日に

「シャレたのを着ている」
つぶやくような

夫の声に
わたしはびっくりして

「あなたは　もう
わたしの着ているものなど
見ていらっしゃらないと
思っていましたわ」

「そんなことはない」

わたしは
思わず
背筋をピンと
伸ばしました

十八年の夏

口紅がとけた日
やっと
エアコンを買う
ことになりました

医者は
夫の体力が
消耗しないように
と勧め

夫も納得して
ようやく
三十度を超えない
部屋となりました

バナナ

バナナが一本
残っていました

皮をむいて
「ハイ　半分」
と夫に渡しながら
「半分ずつ
分け合う人がいて
いいですね」

「うん」

二人
合わせて
百七十二歳

人生

みんな仲良く

サザンカの枝に
メジロ夫婦が
あたため合うように
ぴたりと並んで
止まっている

地球に住む
生きものは
数えきれない
種類があって

不思議な
尊い営みが
地球を支えている

今年も
みんな仲良く
あたため合って
暮したい

光に向って

木も花も草も
太陽が好き
明るい光に向って
伸びてゆく

ユリカモメは
池の欄干《らんかん》に一列に並び
日の出を
待っている

人は
明るい人が好き
笑顔で
今年もよいニュースを

電車に乗って

曾孫《ひまご》が
生まれてからの
わたしは

電車に乗ると
前の席に
坐っている人を
見ながら
ふと想う

「この人は
どのような
赤ちゃんだったのかしら」

愛されたことを
忘れたような
顔つきの
何と多いこと

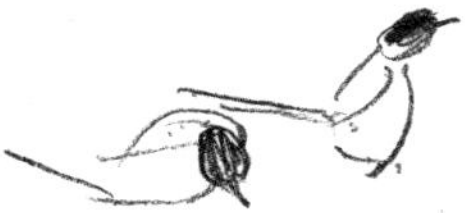

夢を描く

真青な空に
白い雲が
けむりのように

のぼってゆく中を
黒いカラスが二羽
とんでゆく

空は
大きなカンバス
雲も
鳥も
自由に絵を
描いてゆく

わたしたちも
心のカンバスに
夢を描いてゆく

ほほえみの中で

転んだ　ひざの傷が
うすれゆくように

人は　昔の
辛《つら》かったことを忘れて
楽しいことは思い出す

辛かったことを
思い出しても

今の幸せの
ほほえみの中で
人を励ましている

よろこび合い

親によろこんでもらいたい
子をよろこばせたい
人のお役に立ちたい

それは
神さまから頂いた
尊い心
自他一体のよろこび

「お客様に
よろこんで頂きたい」と
芝居の役者も　相撲の力士も
スポーツ選手も　料理のプロも
口をそろえて云う

今日　わたしは
誰によろこんで
いただけたでしょうか

ほめ合って

「お年には
とっても見えません」

若い若いと
はげまされると
近頃は軽やかに
受けとって
「そうかしら」と
ほほえんで

つづいて　いろいろ
ほめ合って
「そうかしら
そうかしら」と
大笑い

空は広い

立ち止まっても
よいのですよ
走ってゆく人に
追いつかなくても

木の葉のささやきや
鳥の声もきこえ

青空に浮く
真白な雲と
お話が
できるのですから

庭の小鳥

シジュウガラさん
あなたは
どうして

垂直の枝に
上手につかまるのですか

勇気と
練習の
たまものかしら
それとも
自然の知恵かしら

人もきっと
やってみれば
むつかしく
見えることも
できるのでしょうね

心

一枚の
墨絵の中の
萩と月

見つめるほどに
月は輝き
雲は漂う

心が動くのか
風もないのに

絵の中の
萩の葉
かすかに
ゆれる

本物

まぶしい日射しの中
「おや
あの木は倒れそう」
と一瞬思ったのは
塀にうつる影でした

本物の木は
地面にしっかり
立ってゆるぎないのに

本物を見てさえいれば
心はおだやか
影はうつろい
やがて消えてゆく

宝さがし

すべてのものは美しい
さらに美しいものとの
出会いが
きっとあるでしょう

ほのかな
あこがれのうちに
新しい年を迎え

わたしは
これから
宝探しに出かけます

人生とは

何かものたりない
絵を描いても

写真を写しても
料理をしても

それが
人生なのかしら

もっと上手に
仕上げたい
その繰返しが
人生なのか

少しずつ
良くなってゆく
よろこびが

教えられて

教えていただかなければ
わからないことが
何と多いことでしょう

「独学で
ここまでやれました」
と言う人も

目に見えない
何かに導かれて
ここまで
こられたのでしょう

人はみな
教えられつつ
生きている

後ろ姿

わたしの知らない
わたしの後ろ姿

子供や孫たちが
見ているのに
わたし自身は
一度も
見たことがない
背を伸ばして
美しく
歩きたいけれど
八十路ともなれば
ゆっくり歩くだけ

花ひらくとき

百分の一秒の差で
「勝った！」
という
スピードスケートを
テレビで見ながら

ふと目を上げると
白木蓮の
銀色のつぼみが
青空に
いくつも光っている

白銀のつぼみは
競うこともなく
百分の一秒の
遅《おそ》さで
ひらいてゆく

人生は

継ぎはぎだらけの
人生でも
パッチワークの
布のように
それぞれ
面白い絵になって

そのうち
人に役立つ
あたたかい
ベッドカバーに
なるでしょう

日々好日

お料理は
熱々《あつ》でも
冷たすぎても

味の良さが
わからない

人の世も
ほどほどの
味を楽しむことが
出来れば
幸せ

八十路を
越えて
ようやく
気づいた
おだやかな日々

あとがき

詩を作りはじめて今年で二十年になります。やっと二十年と云った方がよいかも知れません。その間に詩集『心の散歩道』の第一、第二集を出しました。

今回、八十五歳の誕生日に三冊目の『鏡の中に』を出すことになりました。このタイトルは詩集の中の一篇から選びました。

若い頃の私は、八十歳を過ぎるまで生きるとは思ってもみませんでしたので、この歳《とし》になって何かと戸惑《とまど》うことも多くなりました。

今回『鏡の中に』を読み返してみますと、この詩集に最も多く登場していますのは「母」でした。四季折々のこと、ふと街で出会ったことなど、その時々の想いを詩に託しているつもりでしたが、なつかしい母の姿が自然に浮かび、詩となっているのに気付きました。

『心の散歩道』に登場していました幼い家族は、それぞれ成長して、いつの間にか詩の中から姿を消し、今、走り廻っているのは三人の曾孫《ひまご》となりました。このような時代の移ろいに、夫と私の足どりは次第にゆっくりしたものとなっています。これからは何事も急がず、うれしいこと、ありがたいことを見出して感謝の日々を過ごしたいと思います。

近年は旅行する機会もなく東京に暮していますが、公園の花を眺めたり、庭に来る鳥や、毎年育てている鈴虫をスケッチすることもあります。それら小さなお友達を詩集の中に遊ばせてみました。

カバーの絵は、以前描きました水墨画の〝ぼたんの花〟を使いました。

この詩集は『心の散歩道』以後に書きました百十八篇を載せましたので、ごゆっくりお読みくださいまして感想などお聞かせくださいませ。

詩集構成につき日本教文社の辻信行様はじめスタッフの方には大変お世話になりまして、心から感謝申し上げます。

平成二十年九月十日

著者

鏡《かがみ》の中《なか》に——谷口恵美子詩画集《たにぐちえみこしがしゅう》

平成20年10月10日　初版第1刷発行

著　者●谷口恵美子《たにぐちえみこ》

発行人●岸　重人
発行所●株式会社　日本教文社

〒107-8674　東京都港区赤坂9-6-44

電 話 03-3401-9111（代表）　03-3401-9114（編集）

FAX 03-3401-9118（編集）　03-3401-9139（営業）

振替　00140-4-55519

頒布所●財団法人　世界聖典普及協会

〒107-8691　東京都港区赤坂9-6-33

電 話 03-3403-1501（代表）

振替　00110-7-120549

印刷所●三浦印刷　株式会社

製本所●牧製本印刷　株式会社

ISBN978-4-531-05261-5

本書（本文）の紙は植林木を原料とし、無塩素漂白（ECF）でつくられています。また、印刷インクに大豆油インク（ソイインク）を使用することで、環境に配慮した本造りを行っています。

PRINTED WITH SOYINK